EL CONEJO DE TERCIOPELO

El Conejo de Terciopelo

O CÓMO LOS JUGUETES SE CONVIERTEN EN REALES

Margery Williams

Ilustrado por Michael Hague

Editorial Everest, S. A.

Colección dirigida por Raquel López Varela

Título original: *The Velveteen Rabbit*
Traductor: Juan González Álvaro

SEGUNDA EDICIÓN, primera reimpresión.

© 1983 Michael Hague (de las ilustraciones)
Henry Holt and Company, Inc.
All rights reserved y
EDITORIAL EVEREST, S. A.
Carretera León-La Coruña, km 5 - LEÓN
ISBN: 84-241-3337-4
Depósito legal: LE. 1.273-1997
Printed in Spain - Impreso en España

EDITORIAL EVERGRÁFICAS, S. L.
Carretera León-La Coruña, km 5
LEÓN (España)

EL CONEJO DE TERCIOPELO

HABÍA una vez un conejo de terciopelo que en un principio era precioso. Era gordito y blando, como debe ser un conejo; su piel estaba salpicada de manchas marrones y blancas, tenía unos finísimos bigotes y sus orejas estaban forradas de raso color rosa. La mañana de Navidad, cuando apareció dentro del calcetín del niño con una ramita de acebo entre las patas, tenía un aspecto encantador.

En el calcetín había otras cosas, como nueces y naranjas, un tren de juguete, almendras de chocolate y un ratón mecánico, pero el conejo era el mejor regalo de todos. El niño

estuvo entusiasmado con él, al menos durante las dos primeras horas, pero luego llegaron los tíos a cenar, se organizó un gran bullicio al romper los papeles y abrir los paquetes, y con la emoción de ver los nuevos regalos nadie se acordó ya del Conejo de Terciopelo.

Vivió durante bastante tiempo en el armario de los juguetes y en el suelo del cuarto de jugar, y nadie le prestó demasiada atención. Era muy tímido de carácter, y como estaba hecho sólo de terciopelo, los juguetes más caros lo despreciaban un poco. Los juguetes mecánicos se sentían muy superiores y miraban a los demás por encima del hombro. Tenían la cabeza llena de ideas modernas y simulaban ser reales. El barco de madera, que había durado ya dos temporadas y perdido buena parte de su pintura, intentaba imitarlos y no perdía ocasión de hablar de su aparejo con palabras muy técnicas. El Conejo no podía aspirar a ser un modelo de nada, pues ignoraba que existieran los conejos de verdad; creía que todos estaban rellenos de serrín, como él, y consideraba que el serrín era algo pasado de moda que nunca debía mencionarse entre juguetes modernos. Incluso Tímothy, un león de madera articulado, que había sido fabricado por soldados lisiados y debía de tener una visión más amplia de las cosas, presumía de sus contactos con el gobierno. El pobre Conejito se sentía insignificante y vulgar entre todos ellos. El único que lo trataba con amabilidad era el Caballo de Piel.

El Caballo de Piel llevaba viviendo en el cuarto de jugar mucho más tiempo que los demás. Era tan viejo que su piel marrón estaba llena de calvas y no podía ocultar sus costuras; además, le habían arrancado gran parte del pelo de su cola para hacer collares de cuentas. Era muy sabio, pues había visto llegar infinidad de juguetes mecánicos que, al principio, presumían mucho, pero que después, al romperse poco a poco sus muelles, terminaban desapareciendo; él sabía muy bien que sólo eran simples juguetes y que nunca se convertirían en otra cosa. Y es que la magia del cuarto de jugar es extraña y maravillosa, y sólo consiguen entenderla los juguetes viejos, sabios y expertos como el Caballo de Piel.

—¿Qué es ser REAL? —preguntó el Conejo un día en que estaban los dos tumbados al lado de la chimenea del cuarto de jugar, antes de que Nana empezara a recoger la habitación—. ¿Significa que tienes dentro algo que suena y que por fuera tienes un mango?

—Ser real no tiene que ver con la manera como uno está hecho —dijo el Caballo de Piel—. Es algo que te sucede. Cuando un niño te quiere durante mucho, mucho tiempo, y te quiere de verdad, no sólo para jugar, entonces te conviertes en REAL.

—¿Y eso duele? —preguntó el Conejo.

—Algunas veces —contestó el Caballo de Piel, que siempre decía la verdad—. Pero cuando uno se hace REAL, no importa el dolor.

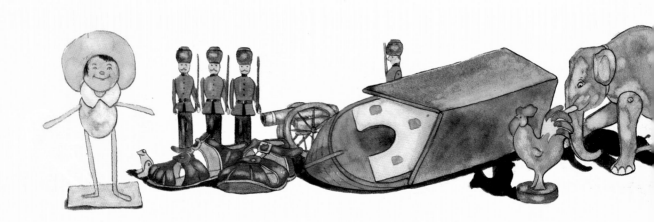

—¿Y eso sucede de repente, como cuando te dan cuerda, o poco a poco? —preguntó.

—No sucede de repente —dijo el Caballo de Piel—. Te vas convirtiendo lentamente. Por eso no les suele pasar a los que se rompen con facilidad, a quienes tienen el borde muy afilado, o a los que hay que tratar con mucho cuidado. Generalmente, cuando te has hecho REAL, ya casi no tienes pelo, has perdido los ojos, tienes las articulaciones flojas y estás muy usado. Pero nada de eso tiene ya importancia, porque cuando eres real no puedes ser feo, excepto para la gente que no comprende.

—Entonces, ¿tú debes de ser real, no? —dijo el Conejo, aunque enseguida se arrepintió de sus palabras, porque el Caballo de Piel podía sentirse molesto.

Pero el Caballo de Piel se limitó a sonreír.

—El tío del niño me hizo REAL —dijo—. Sucedió hace muchos años, pero, una vez que te has convertido en algo REAL, ya no puedes cambiar. Es para siempre.

El Conejo suspiró. Pensó que iba a pasar todavía mucho tiempo antes de que esa magia llamada «REAL» le sucediera a

él. Anhelaba ser REAL para saber qué se sentía, aunque la idea de crecer tan deprisa y perder los ojos y los bigotes era un poco triste. Deseaba convertirse en REAL sin que le sucedieran tantas cosas incómodas.

Había una persona llamada Nana que era la encargada del cuarto de jugar. A veces no se fijaba en los juguetes desordenados por la habitación, mientras que otras, sin motivo especial, llegaba como un vendaval y los metía a todos en el armario. A esto ella lo llamaba «ordenar», y era algo que todos los juguetes odiaban, sobre todo los de metal. Al Conejo, en cambio, no le importaba demasiado, porque, lo tirasen donde lo tirasen, siempre caía en blando.

Una noche, al irse a la cama, el niño no pudo encontrar el perro de peluche con el que siempre solía dormir. Nana tenía prisa, y como era demasiado complicado ponerse a buscar perros de peluche a esas horas, echó un vistazo, vio la puerta del armario de los juguetes abierta y cogió el primero que encontró.

—¡Toma! —dijo—, aquí está tu viejo Conejo. Él podrá dormir contigo.

Y lo agarró por una oreja y lo puso en los brazos del niño.

Esa noche, y otra muchas que siguieron, el Conejo de Terciopelo durmió en la cama del niño. Al principio se encontró un poco incómodo, pues el niño lo abrazaba con mucha fuerza, se acurrucaba contra él y a veces lo metía tan debajo de la almohada que el Conejo casi no podía ni respirar. Además, echaba de menos aquellas largas noches a la luz de la luna en el cuarto de jugar, con toda la casa en silencio, y también sus conversaciones con el Caballo de Piel. Pero muy pronto todo aquello empezó a gustarle, pues el niño acostumbraba a hablar con él y a construirle preciosos túneles

bajo las sábanas que, según él, eran como las madrigueras donde viven los conejos de verdad. Además, jugaban entre susurros a cosas maravillosas cuando Nana se iba a cenar, tras dejar encendida la luz de la mesita de noche. Y cuando el niño caía rendido por el sueño, el Conejo se acurrucaba bajo su pequeña y cálida barbilla y dormía toda la noche entre sus brazos.

Así transcurrió mucho tiempo y el pequeño Conejo se sentía muy feliz, tan feliz que no se dio cuenta de lo gastado que estaba su precioso terciopelo, de que su cola se iba descosiendo y de que el rosa de su nariz, poco a poco, se borraba en los sitios donde el niño acostumbraba a besarlo.

Al llegar la primavera, pasaban largos días en el jardín, pues el Conejo iba siempre a donde iba el niño. Paseaba montado en la carretilla, «merendaba» en la hierba y jugaba en preciosas casitas de hadas construidas para él bajo las cañas de frambuesas, más allá de los macizos de flores. Un día en que el niño tuvo que irse corriendo a tomar el té, el Conejo se quedó fuera, en el césped, hasta casi el anochecer, y Nana tuvo que salir a buscarlo con una vela porque el niño no quería dormir sin él. Estaba empapado por el rocío y lleno de barro de tanto arrastrarse por las madrigueras que, entre las flores, el niño había construido para él. Nana protestaba mientras lo limpiaba con la punta de su delantal.

—¡No podías pasarte sin tu viejo Conejo! —dijo—. ¡Parece mentira, tanto lío por un juguete!

El niño se sentó en la cama y alargó sus manos.

—¡Dame mi Conejo! —dijo—. No deberías decir eso. Él no es un juguete. ¡Es REAL!

Cuando el pequeño Conejo lo oyó, se sintió feliz, pues se dio cuenta de que lo que le había dicho el Caballo de Piel era realmente cierto. La magia del cuarto de jugar lo había transformado a él también; ya no era un juguete. Él era REAL. El niño lo acababa de decir.

Esa noche se sintió demasiado feliz como para poder dormir, y su pequeño corazón de serrín se agitó tan lleno de amor que a punto estuvo de estallar. En los botones que tenía por ojos, sin brillo ya desde hacía mucho tiempo, apareció una mirada tan llena de sabiduría y belleza que hasta Nana lo notó a la mañana siguiente: «¡Parece como si este viejo Conejo tuviera vida!», dijo al tomarlo en sus brazos.

¡AQUEL fue un magnífico verano!

Al lado de la casa donde vivían había un bosque, y en las largas tardes de junio el niño solía ir a jugar allí después de tomar el té. Llevaba a su Conejo con él, y antes de ponerse a recoger flores o a jugar a los bandidos entre los árboles, le construía un pequeño nido entre los helechos para que estuviera cómodo, pues era un niño con un corazón de oro y le gustaba que su Conejo se sintiera siempre a gusto. Una tarde en la que el Conejo estaba allí solo sobre la hierba, mirando cómo las

hormigas iban y venían entre sus patas de terciopelo, vio a dos extrañas criaturas salir de entre los helechos que había junto a él.

Eran conejos como él, pero más nuevos y peludos. Debían de estar muy bien hechos, pues no se les notaban las costuras y cambiaban de forma de una manera extraña cuando se movían. En vez de estar siempre en la misma postura, como él, a veces parecían largos y delgados, y al instante se volvían redondos y regordetes. Sus patas caminaban suavemente sobre la tierra, y se acercaban a él moviendo el hocico. Mientras, el Conejo intentaba descubrir dónde se ocultaba su mecanismo, pues sabía que la gente que salta suele tener siempre algo que la impulsa. Pero no consiguió descubrirlo. Indudablemente, los dos pertenecían a una nueva clase de conejo.

Ellos lo miraban asombrados, y el pequeño Conejo los miraba a ellos, sin que sus hocicos dejaran nunca de moverse.

—¿Por qué no te levantas y juegas con nosotros? —le preguntó uno de ellos.

—No me apetece —contestó el Conejo, que no quería explicar que no tenía mecanismo.

—¡Vamos! —dijo el conejito peludo—. Es facilísimo—. Y dio un gran salto hacia un lado, quedando erguido sobre sus patas traseras.

—No creo que puedas —dijo.

—¡Sí que puedo! —protestó el pequeño Conejo—. Puedo saltar más alto que cualquiera—. Él se refería a cuando el niño lo lanzaba por los aires, pero, por supuesto, no pensaba decirlo.

—¿Puedes saltar con tus patas traseras? —preguntó el conejo peludo.

Era una pregunta terrible, porque el Conejo de Terciopelo no tenía patas traseras. Su cuerpo estaba hecho de una pieza, como un cojín. Él seguía sentado entre los helechos y esperaba que los otros conejos no se dieran cuenta.

—¡No quiero! —volvió a decir.

Pero los conejos de campo tienen la vista muy aguda. Y uno de ellos alargó el cuello y miró.

—¡No tiene patas de atrás! —exclamó—. ¡Vaya conejo, sin patas de atrás! —y empezó a reír.

—¡Sí que tengo! —gritó el pequeño Conejo—. ¡Tengo patas traseras! ¡Estoy sentado sobre ellas!

—¡Entonces, estíralas y enséñamelas! —dijo el conejo de campo. Y empezó a dar vueltas y a bailar, hasta aturdir al pequeño Conejo.

—No me gusta bailar —dijo—. Prefiero quedarme quieto.

Pero sí le hubiera gustado bailar, pues un nuevo y extraño cosquilleo recorría todo su cuerpo: hubiese dado cualquier cosa en el mundo por poder saltar como hacían esos conejos.

El extraño conejo dejó de bailar y se acercó mucho a él. Tanto se acercó esta vez que sus largos bigotes rozaron la oreja del Conejo de Terciopelo. De pronto, arrugó su hocico, agachó las orejas y dio un respingo.

—¡No huele como nosotros! —exclamó—. ¡No es un conejo! ¡No es real!

—¡Sí *soy* Real! —dijo el pequeño Conejo—. ¡Soy Real! ¡Lo ha dicho el niño! —y casi se echó a llorar.

Justo entonces se oyó el ruido de pasos, y el niño cruzó junto a ellos corriendo. En medio de un sonido de patas que huían y una ráfaga de rabitos blancos, los dos conejos desaparecieron.

—¡Volved y jugad conmigo! —gritó el pequeño Conejo—. ¡Tenéis que volver! ¡Yo *sé* que soy Real!

Pero nadie contestó. Sólo se oía el ir y venir de las pequeñas hormigas y el suave balanceo de los helechos por donde habían pasado los dos desconocidos. El Conejo de Terciopelo se había quedado completamente solo.

«¡Oh, no!», pensó. «¿Por qué se han ido así? ¿Por qué no se han quedado para hablar conmigo?»

Durante un buen rato permaneció muy tranquilo, con la mirada fija en los helechos, esperando a que volvieran. Pero no volvieron. El sol empezó a ocultarse y las pequeñas polillas blancas comenzaron a revolotear. El niño regresó y lo llevó a casa.

PASARON las semanas y el pequeño Conejo cada vez estaba más viejo y gastado, pero el niño lo quería tanto como al principio. Le tenía tanto cariño que hasta le gustaban sus escasos bigotes, el forro rosa de sus orejas, cada vez más gris, y sus desvaídas manchas marrones. Incluso empezó a perder su forma, y ya apenas se parecía a un conejo, excepto para el niño. Para él seguía siendo precioso, y eso era lo único que al pequeño Conejo le importaba. A él no le preocupaba cómo lo pudiera ver el resto de la gente, porque la magia del cuarto de jugar lo había hecho Real, y cuando uno es Real la apariencia no importa.

Y de pronto, un día, el niño se puso enfermo.

Su cara empezó a encenderse, hablaba en sueños y su pequeño cuerpo estaba tan caliente que casi quemaba al Conejo cuando lo estrechaba entre sus brazos. Gente desconocida entraba y salía de la habitación, en la que brillaba una luz toda la noche, mientras el Conejo seguía allí, oculto entre las sábanas y sin moverse, pues temía que, si lo encontraban, pudieran llevárselo a otro lado, y él sabía que el niño lo necesitaba.

Fue una larga y penosa temporada, ya que el niño estaba demasiado enfermo para jugar. El Conejo se sentía triste, sin nada que hacer en todo el día, pero se acurrucaba pacientemente, esperando el momento en que el niño mejorase y los dos pudieran salir al jardín, lleno de flores y mariposas, a disfrutar con sus juegos entre las matas de frambuesa. Planeaba todo tipo de cosas maravillosas, y mientras el niño seguía en la cama adormilado, él se acercaba a la almohada y se las susurraba al oído. Al poco tiempo, cedió la fiebre y el niño se sintió mejor. Entonces ya fue capaz de sentarse en la cama y de mirar libros con dibujos, mientras el pequeño Conejo se acurrucaba a su lado. Por fin, un día lo dejaron levantarse.

Era una brillante y soleada mañana, con todas las ventanas abiertas de par en par. Trasladaron al niño a la terraza, envuelto en una manta, y el Conejo se quedó pensativo, enredado entre las sábanas.

Iban a llevar al niño a la costa al día siguiente. Todo estaba ya preparado, a la espera tan sólo de cumplir las órdenes del médico. Hablaron de todo ello, mientras el Conejo seguía tumbado debajo de las sábanas, asomando sólo la cabeza y escuchando. Había que desinfectar la habitación y quemar todos los libros y juguetes con los que el niño había jugado en la cama.

«¡Hurra!», pensó el pequeño Conejo. «¡Mañana iremos al mar!» Y es que el niño le había hablado a menudo del mar, y tenía muchas ganas de ver las grandes olas, los cangrejitos y los castillos de arena.

Y justo entonces Nana se fijó en él.

—¿Qué hacemos con este viejo Conejo? —preguntó.

—¿Ése? —dijo el doctor—. ¡Pero si es una masa de gérmenes de escarlatina! Hay que quemarlo. ¡Qué absurdo! Cómprenle uno nuevo. Con éste no puede quedarse.

Y el pequeño Conejo fue a parar a un saco con los viejos libros de dibujos y un montón de basura que llevaron hasta el fondo del jardín, detrás del gallinero. Era un sitio excelente para hacer una hoguera, pero resultó que el jardinero estaba demasiado atareado para ocuparse de hacerla. Tenía que sacar las patatas y recoger los guisantes, pero prometió que a la mañana siguiente vendría muy temprano y lo quemaría todo.

Esa noche el niño se acostó en una habitación diferente y durmió con un conejo nuevo. Era un precioso conejo de felpa blanca, con auténticos ojos de cristal, pero el niño estaba demasiado emocionado como para prestarle atención. Al día siguiente iba a ir a la costa, y eso era ya lo suficientemente maravilloso como para ponerse a pensar en cualquier otra cosa.

Y mientras el niño seguía adormilado, soñando con el mar, el pequeño Conejo, tirado entre un montón de libros viejos detrás del gallinero, se sentía muy solo. Como el saco estaba sin atar, con un pequeño esfuerzo había conseguido sacar fuera su cabeza y mirar. Temblaba ligeramente, acostumbrado como estaba a dormir en una auténtica cama; además, su piel era ya tan delgada y estaba

tan raída por los abrazos, que no le servía de protección.
Cerca podía ver las matas de frambuesa, tan altas y tupidas
como una selva tropical, a cuya sombra había jugado tantas
mañanas con el niño. Pensó en aquellas largas y soleadas horas en el jardín y en lo felices que habían sido, y se sintió in-
vadido por una gran tristeza. Le pareció que todo desfilaba
ante él, y que cada recuerdo era más bonito que el anterior:
las casitas de hadas entre las flores, las apacibles tardes en el
bosque, cuando se tumbaba entre los helechos y las pequeñas hormigas corrían por sus patas; ese maravilloso día en
que supo que era Real... Pensó en el Caballo de Piel, tan
sabio y amable, y en todas las cosas que le había ense-
ñado. ¿De qué servía que te quisieran, perder la belleza y
hacerte Real, si todo terminaba así? Y una lágrima, una
auténtica lágrima, surcó su pequeña y raída nariz de terciopelo y fue a caer en la tierra.

Y entonces sucedió algo muy extraño. En el lugar donde
había caído la lágrima surgió una flor, una misteriosa flor que
no se parecía a ninguna de las que crecían en el jardín. Tenía
unas hojas muy finas, del color de las esmeraldas, y en el
centro de las hojas un capullo como una campana de oro.
Era tan bella que el pequeño Conejo dejó de llorar y se
quedó mirándola. De pronto, la flor se abrió y de ella surgió un hada.

Era el hada más maravillosa del mundo. Su vestido estaba
hecho con perlas y gotas de rocío; llevaba flores en el cuello
y en el pelo y su cara era como la flor más perfecta de todas.
Se acercó al pequeño Conejo, lo tomó en sus brazos y lo
besó en la nariz de terciopelo, que estaba húmeda por las
lágrimas.

—Conejito —dijo—, ¿no sabes quién soy?

El Conejo la miró y le pareció que había visto antes su cara, pero no pudo recordar dónde.

—Soy el Hada de la magia del cuarto de jugar —dijo—. Yo velo por todos los juguetes que los niños han querido. Cuando están viejos y usados y los niños no los necesitan más, yo vengo, me los llevo y los transformo en Reales.

—¿Yo no era Real antes? —preguntó el pequeño Conejo.

—Eras Real para el niño —dijo el Hada—, porque él te quería. Pero ahora serás Real para todo el mundo.

Y sujetando al pequeño Conejo en sus brazos, voló con él hacia el bosque.

Había salido la luna y todo aparecía iluminado. El bosque entero estaba precioso y las frondas de helechos brillaban como escarchas de plata. En un claro entre los árboles los conejos bailaban con sus sombras sobre la hierba de terciopelo. Cuando vieron al Hada, todos dejaron de bailar y se quedaron quietos, formando un círculo a su alrededor.

—Os he traído un nuevo compañero de juegos —dijo el Hada—. Debéis ser muy buenos con él y enseñarle todo lo que se necesita saber en el País de los Conejos, porque va a quedarse a vivir con vosotros para siempre.

Y tras besar otra vez al pequeño Conejo, lo dejó sobre la hierba.

—¡Corre y juega, conejito! —dijo.

Pero el pequeño Conejo se quedó muy quieto. De repente, al ver a los otros conejos bailar a su alrededor, se acordó de sus patas traseras, y no quiso que los demás vieran que estaba hecho todo de una pieza. No sabía que el Hada, al besarlo la última vez, lo había transformado por completo. Y hubiese seguido allí sentado más tiempo, paralizado por la timidez, de no ser porque, de pronto, algo le hizo cosquillas en la

nariz, y él, sin pensar en lo que hacía, levantó su pata trasera para rascarse.

¡Y descubrió que ahora sí tenía patas traseras! En vez de gastado terciopelo, tenía una suave y brillante piel marrón, orejas que podían moverse por sí solas y unos bigotes tan largos que rozaban la hierba. Dio un salto, y fue tan grande la alegría de poder usar sus patas que empezó a correr y a saltar de un lado a otro, dando vueltas como un torbellino, igual que los demás. Estaba tan emocionado que, cuando finalmente se detuvo para buscar al Hada, ésta ya se había marchado.

Al fin era un conejo Real y estaba en su hogar con los otros conejos.

PASÓ el otoño, y luego el invierno, y al llegar la primavera, cuando los días se vuelven más cálidos y soleados, el niño salió a jugar al bosque que había detrás de la casa. Mientras jugaba, dos conejos surgieron de entre los helechos y se le quedaron mirando. Uno de ellos era totalmente marrón, y el otro tenía extrañas manchas bajo su piel, como si en otro tiempo hubiese sido jaspeado y aún conservara algunas de sus motas. Había algo familiar en su pequeña y suave nariz y en sus redondos ojos negros, lo que hizo pensar al niño:

—¡Cómo se parece a mi viejo Conejo, el que se perdió cuando tuve la escarlatina!

Pero nunca supo que ése era realmente su viejo Conejo, que había vuelto para ver al niño que le ayudó a ser REAL.

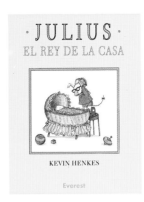

Autor e ilustrador: Kevin Henkes

Antes de que naciera Julius, Lili estaba encantada con la idea de tener un hermano. Después de nacer, sin embargo, Lili descubre, muy a su pesar, que ya no les el centro de atención. A partir de 6 años.

Autor: Hilda Perera
Ilustraciones: Viví Escribá

Una ranita no se quiere casar con el señor sapo porque tiene otros planes mucho más interesantes: ¡quiere convertirse en pájaro y volar por los aires! A partir de 6 años.

Autor: Margery Wiliams
Ilustraciones: Michael Hague

El Conejo de Terciopelo sólo deseaba una cosa: ¡ser REAL! Un cuento tierno que describe la relación entre un juguete y su pequeño dueño. A partir de 8 años.

Autor: Hilda Perera
Ilustraciones: José Pérez Montero

Un día Tomasín sale con su tío a pescar y encuentra algo muy especial: un cerdito, al que tratará de salvar por todos los medios de su triste final. A partir de 8 años.

Autor e ilustrador: Tomie dePaola

Tommy está deseando que llegue el primer día de su clase de dibujo, porque es lo que más le gusta hacer. Sin embargo, cuando por fin se reúne la clase, no todo es como Tommy esperaba. A partir de 6 años.

Autor: Hilda Perera
Ilustraciones: Ana G. Lartitegui

Javi ya está aburrido de que su mamá le regañe y le diga que es «una verdadera tragedia». La mejor solución es dejar de ser niño y convertirse en diferentes animales. A partir de 6 años.

OTROS TÍTULOS
DE LA COLECCIÓN

Pollita pequeñita
El burrito que quería ser azul
La moneda de oro
Hansel y Gretel
Tres mujeres valientes
Michka

TÍTULOS DE PRÓXIMA
PUBLICACIÓN

Sadako y las mil pajaritas de papel
Mamá Gansa
Rimas, adivinanzas y canciones infantiles
Los zapaticos de Rosa
El largo camino hacia Santa Cruz
Strega Nona